Georges
le petit curieux

Drôle de surprise !

MARGRET & H.A.REY

Illustrations de Martha Weston d'après H. A. Rey

Nathan

Traduit de l'anglais par Alice Marchand.

Conforme à la loi n° 49.956 du 16 juillet 1949
sur les publications destinées à la jeunesse.
© Éditions Nathan, 2004

Publié en langue anglaise sous le titre Curious George and the Birthday Surprise.
Based on the character of Curious George®, created by Margret and H. A. Rey.
The character Curious George, including without limitation the character's name in french
and english and any variations, translations or local versions thereof and the character's
likenesses, are trademarks of Houghton Mifflin Company.
Copyright © 2003 by Houghton Mifflin Company
Published by special arrangement with Houghton Mifflin Company

Dépôt légal : avril 2004
ISBN : 2-09-250360-X
N° d'éditeur : 10110237

Achevé d'imprimer en France par Pollina - n° L92823b

Ça, c'est Georges.

Comme tous les petits singes, Georges est curieux... parfois même un peu trop.
– Aujourd'hui, c'est un jour très spécial, lui dit son ami l'homme au chapeau jaune.
J'organise une surprise, j'ai des tas de choses à préparer.
Attends-moi bien sagement à la maison !

Georges regarde son ami partir et, bien sagement, il se met à la fenêtre.
Dehors, des enfants promènent leurs chiens.
Soudain, Georges entend un bruit de clochettes : c'est un marchand de glaces !
Tous les enfants achètent des cornets. Ça a l'air chouette.

4

Quand le camion du marchand de glaces repart, Georges décide de faire quelque chose de chouette, lui aussi. Il a déjà oublié qu'il ne devait pas faire de bêtises...

Dans le salon,
Georges découvre
des trompettes en carton...

des chapeaux...

et des jeux !

Ça fait peut-être partie
de la surprise de son ami,
tout ça ?

Georges trouve aussi des serpentins,
des ballons et du papier crépon.
Impossible de résister...

Décorer une maison,

c'est facile pour
un petit singe !

Mais cette surprise, c'est quoi ? se demande Georges.
Et qu'est-ce qui sent si bon, dans la cuisine ?

Snif, snif !

Georges se rapproche...

Mmmmm ! C'est un gâteau !

Qu'est-ce qu'il a l'air bon ! Il ne lui manque qu'un glaçage.
Georges a déjà vu son ami en faire un.

Mais aujourd'hui, son ami est occupé.
Peut-être que Georges peut l'aider...
Il n'a qu'à faire le glaçage lui-même !

Georges prend un grand saladier.
Il y verse un peu de ci, il ajoute un peu de ça...
Puis il met le mixeur en marche.

Le mélange tourbillonne
dans le saladier.

Oh là là !

Ça tourbillonne trop vite !
Georges essaie d'arrêter le mixeur,
mais l'appareil va plus vite...

... encore plus vite,

... toujours
PLUS VITE

Georges retire le mixeur du saladier.
Mais le mélange vole dans tous les coins !

Aïe, aïe, aïe !

Pauvre Georges !

Il voulait juste aider son ami à préparer la surprise.
Comment nettoyer la cuisine toute collante, maintenant ?

Soudain, Georges entend le bruit de clochettes.
C'est le camion du marchand de glaces qui repasse !

Georges a une idée.

Vite, il ouvre la porte...

... et il invite tous les chiens du quartier à venir se régaler !

En quelques minutes,
la cuisine est redevenue
toute propre.

Alors Georges fait vite sortir les chiens.
Le camion du glacier est toujours là.
Oh ! il y a aussi son ami qui achète
de la glace à la noix de coco.

– Georges ! dit l'homme au chapeau jaune.
Je te cherchais. C'est l'heure de la surprise !
Georges est curieux : il a trouvé des jeux,
des décorations et un gâteau…

… alors la surprise, c'est une fête ?

Oui, c'est une fête !

Georges est heureux de voir tous ses amis.
Et ils sont ravis de voir Georges, eux aussi.
– Comme tout est bien décoré ! dit Bill.
– Oh ! il y a plein de cadeaux... s'écrie Betsy.

– Amuse-toi donc avec les invités, Georges,
dit l'homme au chapeau jaune.
J'ai encore une petite chose à faire.

L'ami de Georges revient avec un gâteau couvert de bougies.
Alors ce n'est pas une fête ordinaire...

... c'est un anniversaire !

Mais Georges se pose encore une question.
C'est l'anniversaire de qui ?
Il attend de voir qui va souffler les bougies.

L'homme au chapeau jaune pose le gâteau devant Georges. Ça, c'est une surprise !

C'est l'anniversaire de Georges !

Toute cette fête est donc pour lui !
Georges prend son souffle...

... et il souffle les bougies.

– Joyeux anniversaire, Georges !